napalmjenny. bonobos schmusen inkognito. Nach dem tödlichen Anschlag auf den Gesundheitsminister werden die unendlichen Gräberfelder einer Friedhofsmaschine zu Resonanzräumen und Projektionsflächen einer fragmentierten Gesellschaft, die auf ein Drittel der einstigen Bevölkerung zusammengeschrumpft ist. Der Impfstoff gegen das tückische Antilopenvirus hat ausschließlich blauäugige Menschen wie Peggy und Rico vor dem Tod bewahrt. Doch während das semmelblonde Pärchen felsenfest davon überzeugt ist, dass die letzte Ruhestätte des geschätzten Politikers kein profanes Reihengrab am Stadtfriedhof, sondern ein Pyramiden-Mausoleum im heimischen Garten sein sollte, fassen die libertären Globetrotter Jenny und Flutze die ministrable Exhumierung ausschließlich unter dem mitleidlosen Vorsatz der Grabschändung ins Auge. Erst wenn die Gebeine von den Hyänen des benachbarten Zoos zerkaut sind, so deren Hoffnung, könne die Erinnerung an die vermeintliche Lichtgestalt verblassen und der Aufbau freiheitlicher Korrektive voranschreiten. Dumm nur, dass sich mittlerweile niemand mehr an eine aufgeklärte Demokratie noch an deren Feinde erinnern mag, und die Leiche des Ministers, mit der Jenny und Peggy ihren jeweiligen Kampf um die ideologische Deutungshoheit zu begründen versuchen, unauffindbar bleibt. Aus rollenspielartigen Perspektivwechseln, diffusen Wahrnehmungen und kriminalistisch verschränkten Zeitebenen schält sich langsam ein konspiratives Kaleidoskop heraus, das dieses Impfdrama als prophetisch-fröstelnde Groteske fortschreibt.

Das Bienenhotel. Als Arne den Nutzen von Insektenhotels infrage stellt, schaukelt sich das anfangs launige Dramolett über die Nachhaltigkeit ökologischer Lebensweise sogleich zu einem galligen Schwank über dysfunktionale Gesellschaften auf. Das Fernbleiben der Kerbtiere in einem von Menschen geschaffenen Habitat wird zum Dreh- und Angelpunkt dieses kurzen wie kuriosen Hörstücks, zum Synonym für die Unbehaustheit des beschädigten Individuums in all seinen künstlich erschaffenen Peripherien.

Thomas Herget wurde 1964 in Frankfurt am Main geboren. Neben seinem Studium in Darmstadt publizierte er für Zeitungen im deutschsprachigen Raum. Es folgten literarische Förderpreise und Stipendien. Journalistische Tätigkeiten unter anderem für taz, Frankfurter Rundschau und Passauer Neue Presse. Heute verfasst er Film- und Theaterrezensionen, zeichnet für das Bühnen-Ressort eines Magazins verantwortlich und schreibt für Hörfunk und Theater. Er lebt in der Nähe von Kiel.

Thomas Herget

napalmjenny. bonobos schmusen inkognito

Hörspiele

Die Hörspiele „napalmjenny. bonobos schmusen inkognito"
und „Das Bienenhotel" entstanden
zwischen Mai und Juli 2022.
Die Erstausgabe erschien 2022 bei BoD - Books on Demand.
Alle Rechte vorbehalten, insbesondere das der akustischen
dramatisierten Inszenierung durch Rundfunkanstalten und das
des öffentlichen Vortrags, auch einzelner Abschnitte.
Diese Rechte sind nur vom Rechteinhaber zu erwerben.
Umschlagmotiv mit freundlicher Genehmigung
von Vecteezy.com

Veröffentlicht als Paperback bei BoD, 2022.
Alle Rechte vorbehalten.
Copyrigt © 2022 Thomas Herget/Rechteinhaber.
Gesamtgestaltung: Rhino Press.
Die Deutsche Nationalbibliothek verzeichnet diese Publikation
in der Deutschen Nationalbibliografie.
Detaillierte bibliografische Daten sind im Internet über
http://dnb.dnb.de abrufbar.
Herstellung und Verlag: BoD - Books on Demand, Norderstedt.
ISBN: 978-3-7568-1567-8

Inhalt

napalmjenny. bonobos schmusen inkognito

für hilde nocker

personen

JENNY
FLUTZE, *jennys mann*
PEGGY
RICO, *peggys mann*
DER STOLPERER, *ein tagelöhner*

tierstimmen und geräusche

pausen

/ kurzer und durchdringender bonoboruf, // längere bonoborufe, /// ein intermezzo an bonoborufen, entfernt und leiser.

zeit, ort und anmerkungen

zweifellos im anschluss an eine jetztzeit, vielleicht schon morgen. zu sehr früher stunde, der vollmond wacht noch streng über der einstmals angesehenen zivilisation. unter dichtem blattwerk: die gräberfelder einer riesigen fried-hofsmaschine, die als atmender organismus stets wahr-nehmbar ist. die figuren befinden sich meist in bewegung, in beobachtender und belauernder manier, was durch duk-tus und sprache nachdrücklich herausgearbeitet werden sollte. keine regieanweisungen.

///

RICO ich sehe das blut. nicht wie in dem film. aber es ist noch da. so rot. mitten im august. nach heftigem gewitterregen. zuerst der mann. anschließend das blut. überall.

PEGGY was macht der mann dort auf der bühne?

RICO - fragt die peggy noch -

PEGGY - während mein rico mit dem handy filmt, was die speicherkarte hergibt.

RICO dem minister flappt das silbrige teil noch an der seite hin und her. wie ein zappelnder fisch. da haben sich seine schweren jungs bereits auf ihn geworfen. tja, danach kam das blut.

FLUTZE also, ich hab kein blut gesehen. auch

kein messer. da war kein messer, weder im minister noch im film. auch wenn sie den auf besagtem kanal dreimillionenfünfhundertsiebenunddreißigtausend-neunhunderteinundzwanzigmal geteilt haben wollen. muss sich der rico eingebildet haben.

JENNY was fürn film? ne, das sind alles hirngespinste. flutze, du hast in den ersten tagen aber selbst von nem messer gesprochen, nicht bloß im suff, das musst du zugeben.

FLUTZE weil plötzlich alle aufgeschrien haben und einer auf diese person gezeigt hat. da war jemand, der sich verdrücken wollte.

PEGGY feige sau!

JENNY halts maul, peggy!

PEGGY so ein feingliedriger mann, der gesundheitsminister. jenny, hast du mal seine hände gesehen? als die noch warm waren? eine haut wie aus papier. blaue adern darunter. wie autobahnen auf landkarten.

JENNY die peggy weiß nicht, dass es keine landkarten mehr gibt. sie hat auch noch ein telefon mit wählscheibe. ich hätte dem typen das teil jedenfalls so tief reingerammt, dass es dem auf der gegenüberliegenden seite seines astralleibs die pergamenthaut zerfetzt hätte.

PEGGY erdrückt haben sie ihn. wie elefanten. als sie sich auf ihn geworfen haben, mit ihren rasierten tattookörpern.

FLUTZE er soll seinen inneren verletzungen erlegen sein.

PEGGY da habt ihrs!

JENNY die peggy ist ein wesen aus der analogen welt. fleisch und blut. rachsucht und rambazamba. darunter macht sies nicht.

PEGGY dagelegen ist er wie ne ausgepresste zitrone, so ein zerbrechliches persönchen, der herr senator.

JENNY und dann setzt sie im stile thomas bernhards zur suada auf die gesamte sicherheitsbranche an. üble schimpfe. zu eng sitzende anzüge. drogen. menschenhandel. pitbulls. sonnenstudios. ich will jetzt nicht ins detail gehen, aber die peggy kann richtig ausfallend werden, wenn sie aus der papierhaut fährt.

FLUTZE beinahe rassistisch klingt die dann. da hat die jenny recht.

PEGGY he, sonst gehts euch gut?

RICO peggy, die wollen provozieren, merkt man doch.

PEGGY wer die wahrheit leugnet, darf ungeniert mit scheiße werfen? aha, wo gibts das denn? rico, zeig ihnen endlich den film.

RICO peggy -

PEGGY - ja?

RICO ähm -

PEGGY - oh nein, sag nicht, dass es ein problem gibt. das kann nicht dein ernst sein? mensch rico, erzähl bitte nicht, du hast es vermasselt!

FLUTZE rico hält seiner angetrauten ein smartphone in ultraflacher bauweise und mit megastarker kameraauflösung ans ohr -

JENNY - ein xiasung oneplus promax twentytwo, das mehr sieht als das menschliche auge.

RICO hörst du den beifall? die schreie? die panik? es ist alles da! du musst nur der tonspur lauschen. analog ausgedrückt.

PEGGY der tonspur? dann hat er sich also gelöscht, dein unterbelichteter film? dieses selbstzerstörerische video! aber es wird doch sicher etwas überlebt haben? etwas überlebt immer! wie in den alien-filmen. in den zwischenräumen eines ausrangierten raumkreuzers von mir aus. sei so nett und nehm dieses plärrende brikett von meinem ohr!

RICO peggy, jetzt mach hier keinen stress. natürlich hat es überlebt. vielleicht nicht physisch, aber im kollektiven bewusstsein.

FLUTZE jeder andere hätte an dieser stelle ein plädoyer auf die resilienz einer intakten zivilgesellschaft gehalten. auf das vertrauen in demokratische grundwerte. auf staatliche partizipation. nicht rico, der an die dreimillionenfünfhundertsiebenunddreißigtausendneunhunderteinundzwanzigfache teilung eines internetstreifens glaubt, der nur in seiner einbildung existiert. er ist ein alter, weißer mann, was ihm noch keiner gesagt hat, und er ist von gestern -

JENNY - verheiratet mit ner schnalle von vorgestern -

FLUTZE - ner bigotten thusnelda aus der steinzeit!

JENNY sicher fällt ihr gleich ein bibelzitat ein.

PEGGY the king is gone but hes not forgotten. merkt euch das.

JENNY großer gott, sie hat vor rührung tatsächlich pipi in den augen.

PEGGY könnt glatt flennen, fehlen allein die tränen.

JENNY das salz -

PEGGY - das er selbstredend ausgeschlagen hat, zusammen mit kreuzkümmel und traubenzucker. allein, um uns gesunde lebensweise zu lehren –

RICO - und der vielweiberei zu entsagen.

FLUTZE sagenhaft.

JENNY flutze spendet dem rico beifall. ironisch natürlich. da kommt der stolperer ums eck, der speckige schlafsack hängt ihm halb ausm ranzen und schleift überm boden.

RICO kenn dich. bist der stolperer. schlurfst durchs leben und stolperst über die worte wie über die eigenen füße.

STOLPERER was gehts dich an, wenn du eh ge-

15

scheit daherredest.

RICO he, bleib mal. bleib mal stehen. oder zieh leine. mir einerlei.

STOLPERER denkst, ich weiß nicht, dass du der schöne rico bist.

JENNY der stolperer baut sich vor dem rico auf, mustert ihn vom scheitel bis zur sohle. aber hallo.

STOLPERER nur schön bist du nicht mehr, nachdem der flutze dir den kiefer gebrochen hat.

JENNY bingo!

RICO muss keinen contest gewinnen. bin vielmehr auf der suche nach nem film.

STOLPERER nach der wahrheit also. geht vielen so.

RICO im internet haben alle die wahrheit gesehen. jetzt kann sich niemand an sie erinnern.

STOLPERER was ist dir die wahrheit denn wert, wenn ich sie dir ausschmücke, wie du es von mir verlangst?

RICO man sagte mir, ich träfe auf einen weisen mann.

STOLPERER dann hat dir wohl niemand erzählt, dass ich mir die rückfahrt mit der straßenbahn erbetteln muss?

JENNY nachts verfüttert der stolperer sein verschimmeltes brot an wilde katzen, campiert neben seinen zangenförmigen erdlochausheber, meist auf dem hügel zwischen den stelen bei den namenlosen.

geht das geld doch einmal für die heimfahrt aus, fährt ihm die letzte trambahn garantiert vor der nase weg.

PEGGY der lohn für die plackerei ist ein witz. schmerzensgeld genau genommen. vor dem virus konnte der friedhofsträger keine einnahmen aus benutzungsgebühren generieren, jetzt, da die meisten tot sind und die letzte ruhe industriell begleitet wird, kommt der stolperer beim aushub nicht nach.

JENNY der stolperer ist kein denkender, der ist ein mann der tat.

PEGGY ein echter autokrat.

JENNY autodidakt, blöde kuh!

PEGGY gewiss bleibt nichts über vom tage -

JENNY - außer verwelkten chrysanthemen und von moos befreiten wiesensteinen neben dem beinhaus.

PEGGY keine maloche im grunde. höchstens ein kampf gegen das überwuchern.

JENNY was für die armenspeisung, den waschsalon und die schimmelfleckige matratze im souterrain des männerwohnheims nicht draufgeht, vertilgt die inflation.

RICO hast sie reden hören, die weiber. ich denk, sieben kronen sind kein geringer almosen für nen hackler mit schwieligen händen, der weniger unwissend zu sein scheint als er vorgibt.

STOLPERER danke, der herr. morgen in der früh

werd ich dich sicher grüßen, dienstbereit, wenn ich an der präfektur des herrn verwaltungsrat entlang scharwenzle. mutlos der blick, doch gewiss wach der verstand beim ersten nässen der tauschlafenden julirosen.

RICO lass gut sein der warmen worte. halt lieber die andere hand auf, damit ich sehen kann, wie viele moneten sich darin hineinschütten lassen.

STOLPERER nicht nötig, der herr. wirklich nicht. siehst du, jetzt ist mir schon ne münze runtergefallen. so ein dummerle auch.

RICO sieht fast aus, als könntest du den rachen nicht vollkriegen.

STOLPERER asche aufs haupt. meine schuld, wenn ich das schöne geld nicht festhalten kann, weils mir aus vollen händen rinnt.

RICO na, die vernunft wird dem menschlein nicht gerade in die wiege gelegt. aber einer, der die rosen benetzt, bevor die ersten sonnenstrahlen sich in den scheiben des krematoriums spiegeln, kann nimmermehr ein sandler sein.

STOLPERER nicht mal bedankt hab ich mich bei dir. mea culpa.

RICO hast anstand und blaue augen wohl von den eltern geerbt, stolperer?

STOLPERER nur die hellsten glubscher lassen demut und friedfertigkeit im rechten licht erstrahlen, herr.

RICO meine worte.

STOLPERER schau auf deine füße, mein sohn, schärfte die mutter mir ein. wer sich ein leben lang selbst im weg stehen wird, sollte unterwürfigkeit zur schau stellen und die entschuldigung stets auf der zunge tragen.

RICO hat dir die lebensklugheit mit dem löffel verabreicht, die frau mama. komm, reich mal den rucksack rüber, so ner flut an münzen sind selbst die tüchtigsten baraberpranken kaum gewachsen.

STOLPERER der schöne rico, ganz aristokrat. schon schießts nen humpelnden tagelöhner wie mir die schamesröte ins gesicht.

PEGGY links und rechts drückts ihm ordentlich die fleischpflanzerl-semmeln aus den jackentaschen. kleine wegzehrung, sagt mein rico und schiebt am laufenden band semmeln nach, in sämtliche taschen, die sich ihm auftun. junge, junge, der zahlts dem stolperer nicht bloß in klingender münze ein -

JENNY - nicht ahnend, dass dessen mutter in grau-er vorzeit dem stamm der sinti und roma entsprang -

PEGGY - mit augen, die glühten wie jene höllenfeu-er, die nur schwärzeste kohlen entfachen.

JENNY schau hin, peggy, dort an den gleisen geben beide gerade tüchtig fersengeld! wie blauäugig.

PEGGY der stolperer voran. rennt gar um sein leben.

JENNY um die letzte elektrische.

PEGGY aber der rico hält entzürnt mit. muss man neidlos anerkennen. nicht in der form seines lebens, aber angespornt augenblicklich von der dreisten behauptung des stolperers, das messer im video sei eine schimäre, verfehlt der rico beim zieleinlauf das trittbrett des letzten wagons nur knapp -

JENNY - auf dem der stolperer im nachgang nen veitstanz vollführt-

PEGGY - befreit vom ballast der kränkung -

JENNY - während es die singende straßenbahn zum schwof fast aus der kurve trägt.

PEGGY artisten unter der zirkuskuppel, fürwahr.

JENNY peggy, hast dun messer gesehen?

PEGGY da spiegelte sich was in der sonne. wenn schon.

JENNY ne getränkedose vielleicht.

PEGGY der minister trinkt nicht aus dosen. der lebt von destilliertem wasser. ihm gruselt vor ionen und spurenelementen!

JENNY dem flutze ists gleich aufgefallen, wie der im fernsehen schwitzt. sein letzter auftritt in dieser talkshow. wir dümpeln gerade unter ner schweren flaute vor barbados, der flutze lässt nochn tuborg in sich reinlaufen und meint, dass ihn der minister in letzter zeit an warhol erinnert, an son warmen bruder ausm wachsfigurenkabinett jedenfalls.

PEGGY wusste nicht, dass sich dein flutze für kunst interessiert.

JENNY och, der kann gescheit daherreden. solltest mal hören, wenn ihn die weingeister heimsuchen.

PEGGY krieg bis zur letzten patrone? ist es das wert? jenny, was denkst du, soll es so weitergehen?

JENNY ich denk, es fängt erst an.

//

FLUTZE wie lange waren wir weg?

JENNY drei jahre.

FLUTZE tahiti, samoa, tonga, vanuatu. wir umsegelten das virus, wo es vor anker ging.

JENNY warum sind wir zurückgekommen?

FLUTZE du wolltest ihn noch einmal sehen. den mann, der uns das angetan hat.

JENNY ich weiß noch, wie sie uns angestarrt haben. aus wasserblauen augen. weil wir es überlebt haben. als wären wir nicht von dieser welt. wie viele waren es?

FLUTZE drei millionen. vielleicht.

JENNY diese blicke. so blau.

FLUTZE wir hätten nicht zurückkehren dürfen. nicht zu dieser kundgebung. den gewittern. der sprache.

JENNY vorher war mir nicht aufgefallen, dass du braune augen hast. flutze, ich hatte dir bis zu diesem tag nie richtig in die augen gesehen, nicht mal auf unserer hochzeit.

FLUTZE allein gegen drei millionen. du hast die sonnenbrille aufgesetzt, als es dir unangenehm wurde. jenny, weißt du noch, wie du im sommer gefroren hast?

PEGGY napalmjenny haben wir sie genannt.

JENNY jenny, schließ die augen, haben die anderen mädchen gerufen. sonst steht irgendwann die ganze stadt in flammen.

PEGGY die jungs haben wie plemplem an sich rumgespielt, wenn die jenny ihnen schöne augen gemacht hat. die haben ihre hände nicht mehr aus den hosentaschen bekommen. was war das fürn gedränge vorm klo.

JENNY es heißt, man wäre verhext und würde verhärmen, wenn man den bösen blick hat.

PEGGY diese grünen augen können töten. definitiv.

JENNY sie sagen, man könne schwarze magie als waffe einsetzen. dem flutze ist das am arsch vorbeigegangen.

FLUTZE jennys augen lassen mich in eine warmherzige seele blicken.

JENNY es heißt, andere könnten den zauber schnell als eine provokation empfinden. es heißt, irgendwann sollte der gesunde volkskörper selbst darüber entscheiden dürfen, welche zumutungen er als ertragbar erachte.

FLUTZE wie viele haben überlebt?

JENNY ein drittel der population.

FLUTZE gehören wir dazu?

JENNY weil wir nicht wasserblau sind? meinst du doch?

FLUTZE nicht blond, nicht blau, wir sollten besser tot sein, fühl mich grad so, könnt glatt sterben aus solidarität.

JENNY flutze, schau mir bitte noch mal tief in die augen!

FLUTZE haben wir sie eigentlich gekannt? die peggy und den rico? in den jahren vor unserer abreise?

JENNY warum fragst du?

FLUTZE weil ich mir nicht sicher bin.

JENNY alle sagen, du hättest dem schönen rico aufm schulhof den kiefer zertrümmert, aber ich glaub, der ist bloß dumm gefallen und wollte vor seiner peggy mit ner räuberpistole angeben. danke übrigens, dass du mir so lange in die augen geblickt hast.

/

PEGGY es hat nicht die falschen getroffen. natürlich waren es zu viele! zwei drittel der volksgemeinschaft, ojemine, ich will nicht drüber nachdenken, aber waren es die falschen? sicher nicht.

JENNY ich setz die brille wirklich nur auf, wenn ich diese kackangst habe. nicht aus eitelkeit oder niederen beweggründen. eine vorsichtsmaßnahme, könnte man sagen. sie suchen uns. ich weiß es.

PEGGY als die regierung die impfung anordnet, hagelt es durchaus proteste. aber es musste etwas geschehen. man kann dem antilopenvirus schließlich nicht blauäugig entgegentreten. wobei vorbehalte gegenüber restriktiven regelungen nachdrücklich erlaubt sind, erwünscht sogar, skepsis lässt die grundpfeiler jeder demokratie ja erst hervortreten.

JENNY sie injizieren uns coca cola, hat der flutze rausgehauen. spaßeshalber.

FLUTZE red bull.

JENNY will nicht wissen, was sie den armen schluckern wirklich reingejagt haben.

PEGGY gegen krude hypothesen muss der wehrhafte staat vorgehen dürfen. konzertierte aktionen lassen sich der einen wie der anderen seite aber im nachhinein nicht unterstellen. schweinereien auch nicht. der minister ist sowieso ausm spiel.

JENNY wir sprechen hier vom genozid am nicht blauäugigen teil der bevölkerung.

PEGGY am ende können alle froh sein, mit einem blauen auge davongekommen zu sein.

JENNY die leute fordern, man müsse die andersartigkeit in zeiten der ausgrenzung wie eine krankheit durchleben. läuterung durch die spürbarmachung eines schmerzes -

FLUTZE - aber napalmjenny hat sich von keinem wichser je in die schranken weisen lassen. deshalb ist sie meine frau.

PEGGY die jenny hat sich da einen floh ins ohr setzen lassen. von ihrem flutze, alter schluri schlampowski und gehörnter schulschwänzer. der traut dem tag nicht, an dem er nicht zur flasche greifen kann, der glaubte schon als junger dachs an verschwörungen und son zeugs. mein rico hat ne narbe davon behalten.

JENNY peggy sagt, ich sehe aus wie ein vietcong. sie sagt, ich hinterlasse verbrannte erde. in ihrem inneren sehe es aus wie nach der vietnamesischen tet-offensive, wenn ich sie mit meinen grünen augen anstiere. geht doch nicht!

PEGGY es gibt nichts auf der welt, das so riecht wie napalm. hab ich der jenny gesagt, bevor die mir die freundschaft aufgekündigt hat. war schon hart.

JENNY die peggy hat nur noch für ihren minister geschwärmt. erst recht, als der ganze wohnblocks unter beschuss genommen hat, zwölf stunden lang. anschließend hat er die stadtteile bombardieren lassen, in denen noch jene ausharrten, die sich verweigerten. die ahnten instinktiv, dass der impfstoff nur die blauäugigen verschonen würde.

PEGGY wenn vom gegner nichts übrig bleibt, ist er besiegt. altes jägerlatein.

JENNY idiotendeutsch.

PEGGY als es vorbei ist, laufen wir das rußgeschwärzte skelett eines treppenhauses hinauf, aber hey, nicht eine einzige stinkende impfgegner-leiche haben wir dort gefunden. das war vielleicht ein geruch. der ganze torso des wohnkomplexes, ja, wie roch er? nach sieg roch er.

JENNY es stimmt nicht, dass sich der verfolgte mensch von jenen äußerlichen merkmalen distanziert, die ihn ans messer liefern könnten. grüne augen etwa. in zeiten höchster not solidarisiert sich der mensch mit der schönheit seiner makel.

FLUTZE wir hatten allen grund, rache zu nehmen.

JENNY wir waren dort. am tag unserer rückkehr.

FLUTZE wir waren es nicht.

JENNY wir hätten es sein können. flutze, warum haben wirs nicht zu ende gebracht?

FLUTZE seh dich noch zögern, als du in der tasche nach dem lippenstift kramtest.

PEGGY schön, danke, hört auf! ich war die, die lippenstift und kosmetikspiegel benutzte! die jenny hat sich bloß ihre bescheuerte brille aufgesetzt, hahaha, natürlich will man attraktiv aussehen. mit roten lippen. an tagen wie diesen. für den minister.

JENNY eingenässt hat sich die peggy, vor ergriffenheit und wollust ins höschen gestrullert. gut, dass es irgendwann wie aus kübeln geschüttet hat, sonst hätte jeder die pfütze unter ihr bemerkt.

PEGGY anfangs war ich kein fan. so not really.
nicht wie bei patrick dempsey oder radiohead. aber
als er fragte, ob wir unter der pandemie weiter so er-
bärmlich herumkriechen wollten wie einst unter den
franzosen, da bin ich schwach geworden -

JENNY - und feucht. geleckt hat die wie ein aufge-
schlitzter kieslaster -

FLUTZE - woraufhin er von krachenden knochen
gesprochen hat, der minister, von nachgebendem
fleisch und aufschießendem blut -

PEGGY - das jetzt in meinem kopf pulsierte, o gott,
o gottogottogott, so was denkt man nicht -

FLUTZE - von gesprengten lungenflügeln, erstick-
ten schreien und schwindendem bewusstsein -

JENNY - das die peggy augenblicklich befiel -

FLUTZE - und das sie für den rest des tages schach-
matt setzte -

JENNY - obwohl sie angeblich das messer gesehen
haben will.

FLUTZE einen mann will sie gesehen haben, nen
springteufel, der sich vom acker machte.

JENNY flutze, dich?

FLUTZE möglich wärs.

JENNY ich wünschte, wir hätten etwas unternom-
men.

//

RICO ein jahr nach seinem tod klopft die peggy noch regelmäßig beim gesundheitsminister an. ladies man, flüstert sie, komm, zeit zum aufstehen! sie zündet eine kerze an und setzt sich zu ihm an den gestockten granit. täglich pilgert sie raus zu den vegetationslosen wiesengräbern, breitstein an grabkissen. nachts schaufelt sie wortlos ihr essen rein, das ich für sie warm gestellt habe. ich frag nicht, wo sie war, aber sie ahnt sicher, dass ich sie beobachte.

JENNY flutze, ich würde augenblicklich die scheidung einreichen, wenn du was mit ner leiche anfängst!

RICO dabei will sie nicht mal neben ihm liegen. später.

JENNY sie zeigt rico bilder von den pyramiden von gizeh. kairo war schon immer ihr sehnsuchtsort.

RICO die idee mit dem mausoleum fand ich anfangs abseitig. und dann noch im eigenen garten.

FLUTZE ist der rico nicht betonbauer? jenny, du kennst ihn doch besser.

RICO peggy, sag ich, wir könnten ihn nachträglich einäschern lassen. wir könnten den verstorbenen mit erde vermengen und dann mit einem kleinen baum eintopfen.

PEGGY einen tree of life. die heißen doch so?

RICO das teil durchwurzelt das gemisch und absorbiert alle nährstoffe aus der asche. aus den kohlenstoffatomen, die einmal den menschlichen körper bildeten, erwachsen neue äste, blätter und blüten.

PEGGY du willst ihn als topfpflanze dahinvegetieren lassen? als kohlenstoffatommonster? rico, das ist jetzt nicht dein ernst! seit wann interessierst du dich für botanik? gerade eben dachte ich noch, ich hätte nen betonbauer geheiratet, irgendwas mit muskeln.

FLUTZE hat er nicht die außenwände der elbphilharmonie eingeschalt?

JENNY die bewehrung der neuen köhlbrandbrücke hat er eingegossen. die pfeiler zumindest.

PEGGY die bodenplatte für mannis fertiggarage hat er wirklich hasenrein hingekriegt.

RICO ich hab der peggy in nullkommanichts ne astreine entwurfsskizze vor die nase gerieben.

PEGGY was solln das sein, ne schwulensauna?

RICO ein repräsentativer neubau aus sandsteinfarbenem mauerwerk mit spitzem messingdach und vier dorischen säulen vorm eingang. welfennest, diese richtung. hat der peggy nicht gefallen.

PEGGY rico, denkst du auch mal an unsere nachbarn? das chirurgenpärchen im wendehammer? ich hab dir doch die fotos von ägypten gezeigt. mir schien, du seist beeindruckt. so ne billiglösung können wir uns später für die bewirtung der zahlenden gäste zusammentackern, in ordnung? minikuchen, käsespieße und cornichons, heiliger strohsack, baumarktware, hundertpro! damit verrammeln wir den schandfleck vor den müllcontainern gleich mit.

FLUTZE peggy entscheidet sich für den gartenpavillon kreta aus dem hause hornbach für eintausendsechshunderteinundachtzig euro -

JENNY - aus natürlichem lärchenholz ohne farbbehandlung und mit einem druckkesselimprägnierten fußboden aus nachwachsender fichte -

FLUTZE - währenddessen sie für ihren rico einen minimalistischen würfel auf den titel der neuen zürcher kritzelt, den sie in mehrere dreieckige seitenplatten unterteilt.

JENNY er fragt, ob das der louvre sei. die pyramide im innenhof des museums.

FLUTZE wir könnten karl popper und bully buhlan dazulegen, sagt peggy.

RICO ich bau dir das verdammte ding, komme was wolle! aus stahlbeton, größer als paris. die spitze wird die himmelspforte durchstoßen.

PEGGY rico, sag ich, ist es nicht tausendmal schöner, mit dem toten auf augenhöhe zu kommunizieren, als ewig deprimiert auf eine schwarze granitplatte zu glotzen?

//

JENNY ich hab mich verliebt. gleich am ersten tag.

FLUTZE zweiunddreißig meter.

JENNY länge läuft.

FLUTZE vierzehn knoten unter siebenhundert quadratmeter segelfläche. bündige decks überm stromlinienförmigen rumpf aus carbon. teakholz für den komfort, hightech als vortrieb.

JENNY in palma reiben sie sich die augen. ideal fürs blauwasser.

FLUTZE als sie den namen entdecken, pinkeln die ersten auf die winschen.

JENNY carin.

FLUTZE warum musstest du sie ausgerechnet carin taufen? nach görings jacht! in spanien!

JENNY ich dachte, die hätten frieden gemacht mit ihrem franco. son pech.

FLUTZE wir also weg. leinen los und -

JENNY - ab durch die mitte in windeseile.

FLUTZE warum sind wir aufgebrochen?

JENNY na, wegen den spaniern, denk ich.

FLUTZE nein, nein, das mein ich nicht - ich mein, warum sind wir überhaupt fort?

JENNY wir fühlten uns nirgendwo zuhause.

FLUTZE kein unbehagen also?

JENNY weil sie sich so lange ausgeschwiegen hat, die politik, meinst du das?

FLUTZE wäre ein triftiger grund. politik ist immer gut zum davonlaufen.

JENNY mir schien, du wolltest dir beweisen, dass es eine alternative zum hamsterrad gibt.

FLUTZE ich?

/

PEGGY hab manchmal überlegt, ob ich die türschlösser austauschen soll. wenn man monate nichts voneinander hört, kommen einen gewisse eingebungen. wir haben damals alles geteilt, die jenny und ich, jeden gedanken, so frei waren wir noch. mit dem flutze hab ichs nicht so, nicht wegen ricos narbe, die ist ja längst verheilt, alles olle kamellen. aber dass er dieses virus für ihre flucht verantwortlich macht, finde ich unanständig. total niederträchtig ist das, schon weil die jenny am anfang nicht mitsegeln wollte, die definiert ihre weltoffenheit ja ausschließlich über die truppenstärke an liebhabern.

JENNY bonobo hat die peggy zu mir gesagt, wenn sie mich aufziehen wollte. als würde ich nur an das eine denken, krass.

FLUTZE natürlich kann die jenny schmusen, ganz dolle sogar, unter ausschluss der öffentlichkeit, glaubt keine socke. richtig schutzbedürftig wirkt die dann, wie ein kind, das bei nem fieberinfekt die nähe der mutter sucht.

PEGGY ich weiß nicht, wie ich es sagen soll, aber es gibt da diese dampfende exotik, für die sie empfänglich ist. entflammbar, mein ich.

FLUTZE jenny, sag ich, zieh dir wenigstens ne medizinische maske über, wenn du durch fremde museen ziehst.

JENNY da juckeln einen diese naturmenschen bei jedem landgang nen eitrigen tripper in die harnröhre, aber der flutze redet mit mir wie mit einer kuratorin für südamerikanische sakralkunst. ist er nicht süß? keine ahnung, ob ich ihn anhimmeln oder bedauern soll, aber ein schlechtes gewissen lass ich mir deshalb nicht einreden. bin doch keine nonne!

FLUTZE wir reden nicht drüber. punkt. kein sterbenswörtchen. das schöne am libertinismus ist, dass man sich die freiheit nehmen kann, nicht darüber zu sprechen. ende der durchsage.

RICO der flutze wusste bescheid. auch dass sie auf ihn warten würde.

FLUTZE ein weltumsegler ist wie ein mann, der ins bergwerk fährt. er eignet sich natur an.

RICO er hat ja schon vorher die welt umsegelt. zwei jahre später, bei seiner rückkehr, wurden sie ein paar.

PEGGY er hat sich nie daran gewöhnt, auf dem trockenen vom wasser zu erzählen.

RICO stimmt, festen boden durfte der nicht unter den füßen haben.

PEGGY unter ihm hats allzeit getost.

FLUTZE das meer wird nie langweilig. nicht bedeutungslos wie die menschen. auf see zu sein ist wie ein wunder.

PEGGY wenn es keinen ausweg gibt, keine andere

möglichkeit, dann muss die kreatur das machen.

RICO im grunde gab es keine alternative. nicht für ihn und auch nicht für sie. sie wusste, worauf sie sich einlässt.

//

JENNY mann! mann, mann, mann!

FLUTZE wasn los, jenny? aufgeregt?

JENNY post ausm zoo. die hyänen. das okay aus der hyänenanlage. wir dürfen ihn verfüttern, flutze, ist das nicht grandios?

FLUTZE die wissen bescheid? du hast es ihnen erzählt?

JENNY sie glauben, es ist ein schwein. ein kadaver. lass sies glauben. ein durch fäulnisprozesse verunstalteter tierkörper.

FLUTZE wird ein festmahl für die aasfresser.

JENNY sie überlegen, ob sie es als sonderschau ankündigen sollen, als zusätzlichen fütterungs-event. wart mal, hier steht noch was! sie fragen, ob wir etwas gegen pressevertreter einzuwenden haben.

FLUTZE nö. können kommen.

JENNY seh ich auch so.

FLUTZE wollen wir einladungen verschicken?

JENNY weiß nicht. immerhin wird jemand in stücke gerissen. vor aller augen.

FLUTZE nach einem jahr der verwesung, vergess das nicht.

JENNY weißt du noch, als mannis rottweiler sich über ricos federfußhühner hergemacht hat und peggy in ohnmacht gefallen ist? ich hab das geräusch noch gut im ohr, die zerkauten knochen im maul dieser bestie.

FLUTZE physiologisch gleicht sich der mensch dem tier mit der zeit an. nach einem jahr in der erde.

JENNY der magen der hyäne soll ein dunkler ort sein.

FLUTZE möge das schwein dort seine ewige ruhe finden.

//

FLUTZE kap horn, fünfzig grad süd. der meeresgrund? sechstausend meter unter uns.

JENNY jetzt fängt es richtig an. das segeln. alles im blick behalten, das boot voranbringen und den flutze bei laune halten.

FLUTZE ohne schwankende stimmungen ist segeln kein segeln.

JENNY ich denke, wir haben traurigkeit und wutanfälle gut in den griff bekommen.

FLUTZE zu viel kampf ist qual. dafür segle ich nicht.

PEGGY flutze lehrte jenny, das meer zu lesen. er brachte ihr den sternenkompass bei, so lange, bis sie genau wusste, welcher himmelskörper wo am horizont auftauchen würde.

RICO auch das rollen der wellen musste sie geduldig unter ihren nackten füßen erspüren, bis sie an den planken des schwankenen vorschiffs die geltende fahrtrichtung auszumachen wusste.

JENNY ich beginne, die anzeichen von land zu deuten, das noch weit hinter dem horizont liegt. die wellen, die von dort ins meer zurückgeworfen werden. vögel, die nicht selten zweihundert kilometer weit zu uns rausfliegen.

FLUTZE manchmal spiegeln sich die grüntöne der lagunen an der unterseite der wolken -

JENNY - oder ein atoll zieht gerade eine v-förmige wolkenbugwelle hinter sich her. alles hinweise

RICO wolltet ihr nicht von southhampton nach newport? die route, auf der die titanic im atlantik vergurgelte?

PEGGY volltreffer! damit hat der rico flutzes wunden punkt getroffen.

JENNY scheiß drauf! als das packeis an uns vorbeidriftet, ist der flutze sturzbesoffen. der lässt sich jetzt kaum noch an deck blicken, so schwankend gehen die tage dahin.

RICO sein einknicken vor golfstrom, nebel und eisbergen ist legendär.

JENNY klaro. wir also volle kraft zurück! in madeira fangen wir uns noch ne fiese hepatitis ein, dafür verblasen uns die passatwinde anschließend in nem affenzahn richtung kapverden.

FLUTZE zwölfter dezember. ein erster funkspruch.

JENNY sie sprechen nicht mehr von den anfangssymptomen wie im frühjahr.

FLUTZE die krankheit nehme einen anderen verlauf.

JENNY auf den wangen von infizierten bilden sich mahagonifarbene flecken, bei anderen frisst sich die röte durchs ganze gesicht. ach du meine fresse!

FLUTZE siebzehnter märz. unsere weinvorräte gehen zur neige. verdursten nicht ausgeschlossen.

PEGGY der impfstoff wirkt! ich habe es immer gewusst! keine ahnung, wie dieser himmelhund von gesundheitsminister es wieder angestellt hat, aber die trübe brühe vollbringt wahre wunder im volkskörper.

JENNY neunter april.

FLUTZE während wir kurs auf die windward islands nehmen, genehmige ich mir nen letzten tropfen schwarzriesling aus dem kanisterhahn.

JENNY die leiber der patienten krümmen sich entsetzlich, während sie blut spucken. ihre haut verfärbt sich violett und dunkelblau, bis man weiße nicht mehr von schwarzen unterscheiden kann.

PEGGY alles der individuellen betrachtungsweise geschuldet, wenn der impfstoff nicht vollumfänglich durchschlägt - ist einfach so! ich weiß nicht, wie ich es auf die schnelle erklären soll, aber genetische dispositionen spielen in jedem fall eine rolle. und der glaube natürlich.

JENNY der minister spricht von erbkrankheiten. von rassebedingten defiziten.

PEGGY kann mich nicht erinnern, dass diese begriffe jemals so gefallen sind. die jenny lässt ja nichts unversucht, den minister in seiner selbstlosen opferbereitschaft zu diskreditieren und in eine xenophobe ecke zu stellen.

JENNY in der nicht blauäugigen community schlägt die nachgesagte wirksamkeit der impfung ins gegenteil um.

PEGGY je dunkler der teint, desto rascher der exodus, will die jenny damit andeuten.

JENNY einige fliehen in die berge und erfrieren, andere versuchen, sich in kartoffelkellern vor der infektion zu schützen und werden von nachbarn denunziert oder augenblicklich totgeschlagen.

PEGGY beten hilft. der glaube an gott hat mich vor ansteckungen bewahrt. bettruhe und nasenduschen auch. warum ich mich dennoch impfen lasse? aus einem patriotischen pflichtgefühl heraus, oh schreck, ist mir so rausgerutscht, kann man das streichen? das gottvertrauen in meine blauen augen tut nichts zur sache. versteht die jenny natürlich nicht.

JENNY frömmler wie die peggy glauben an die

strafe gottes. an die überlegenheit einer bestimmten weltanschaulichen identität. ich könnt jetzt weitermachen. bringt ja nix.

PEGGY der rico und ich haben uns halb totgelacht, als wir die ersten bilder gesehen haben, ist doch klar. die rückenstreifen auf den leichen haben uns gleich an die fellzeichnungen von springböcken erinnert.

JENNY flutze, wann haben wir davon erfahren?

FLUTZE einundzwanzigster mai. wir sparen uns die gebühr für den panamakanal, fluten die tanks mit spätburgunder und rocken das kap wie echte wikinger.

JENNY die erkrankten ersticken elendig und nicht selten bei klarem bewusstsein. bei der autopsie stoßen mediziner auf mit blut vollgelaufene lungen.

PEGGY jenny sagt, sie hätten sie absichtlich wie vieh verenden lassen. wie antilopen.

//

FLUTZE jenny gibt kein quieken von sich. dabei läuft sie aus wie ein abgestochenes schwein. das blut schießt aus wunden fingerkuppen und suppt an ihren beinen herunter. der vollmond hat sein sorgengesicht aufgesetzt, und mir imponiert es einfach, wie stoisch und leidenschaftslos sie alle schmerzen erträgt.

JENNY wie tief hab ich gegraben?

FLUTZE bis zum mittelpunkt der erde, so scheints.

JENNY warum haben wir nichts gefunden?

FLUTZE darling, wir haben etwas gefunden. das herz, jenny, erinnere dich! in einer tiefe, in der eigentlich der sarg hätte liegen müssen. ein vakuumiertes lebkuchenherz.

JENNY der flutze kann rührend sein. an dem abend hat er mir zuliebe nichts getrunken, mit bedacht, weil wir erst einmal mit vereinten kräften die sackschwere grabplatte wegrücken mussten.

FLUTZE war irgendwie klar, dass wir nichts finden würden. außer diesem herz. desinformationskampagnen überdauern häufig den tod ihrer initiatoren.

JENNY kannste knicken, hat alles die peggy eingefädelt. für die sind das innere reichsparteitage.

FLUTZE die peggy ist kein schlechter mensch. wird niemand behaupten.

JENNY ich bewundere den flutze für seine leidensfähigkeit und täuschungsresistenz. die art, wie er widerwärtigste demütigungen klaglos über sich ergehen lässt.

FLUTZE dass der rico und sie uns genüsslich dabei beobachten, wie wir erfolglos den halben gottesacker nach ner ministerleiche umgraben, reflektiert bloß den zeitgeist. gaffermentalität.

JENNY nix da, flutze, ums verrecken nicht, das lass ich denen nicht durchgehen, personenkult und zeitgeistphrasen. hast du dir mal meine hände angesehen? die nässenden fingerstümpfe? anstelle gepflegter nägel schiebt sich dort gerade stinkender schorf über die kuppen, so brauner glibber. ich wickle alles in mull. muss ja keiner sehen.

FLUTZE den triumph gönnt sie der peggy nicht.

/

PEGGY die jenny ist von haus aus durchtrieben. aber dass die beiden morgens um drei vor unseren augen so ne show hinlegen müssen, finde ich despektierlich.

RICO komm mal runter, die haben uns überhaupt nicht bemerkt! peggy, bitte, du kannst jetzt nicht von ner finte sprechen!

PEGGY sie haben ihn im vorfeld verfüttert, unseren minister, mahlzeit auch, an die löwen, da bleibt einem die spucke weg, zerfleischt von scheusalen -

RICO - hyänen.

PEGGY gut. meinetwegen hyänen.

RICO will nicht wissen, was sie gerade von uns denken.

PEGGY die hyänen?

RICO jenny und flutze. hast du dich mal in ihre lage versetzt?

PEGGY momentan stehen die hirnwindungen gewissenloser grabräuber nicht auf meiner agenda, quite true, denn vor wenigen stunden hat der mann, den die öffentlichkeit in monumentaler erinnerung behalten sollte, seine ewige ruhe in einem tiergarten gefunden, als exkrement von blutrünstigen missgeburten, nice shit, ja gibts denn so etwas? aber bitte, nehm die beiden ruhig in schutz, du warst ja immer in die jenny verschossen, ich kann mich gerne scheiden lassen! hattest du nicht zement und moniereisen für die mausoleumspyramide gehortet? diese bretterbude von hornbach kannst du übrigens stornieren, nein, rico, warte! wir bauen die auf, übergießen alles mit benzin und fackeln großflächig ab.

RICO warum alle welt mit indizien munitionieren? wirbelt staub auf und macht verdächtig.

PEGGY verdächtig? die ganze straße glaubt inzwischen, wir hätten was mit ner bluttat zu tun, die halten uns für finstere mordbrenner in nem komplott, selbst die wendehammer-ärzte. du denkst, wir haben was zu verlieren? tsss. wer sonst, außer ihnen, könnte sich deiner meinung nach seiner gebeine ermächtigt haben, mmh? in einer perfiden nacht- und nebelaktion, in grabschänderischer art und weise?

RICO wolltens uns sicher nicht in die schuhe schieben, so ticken die nicht.

PEGGY ich fühl mich langsam wie in den siebzigern, nicht, weil der wendehammer uns schneidet und die chirurgen denken, wir seien mit schliemann verwandt, aber die glauben, ich hätte ähnlichkeit mit dieser terrortussi. inzwischen fühlt sich der einkauf im supermarkt nach nem echten spießrutenlauf an, ich geh nur noch mit kopftuch zur fitness, hast du das gewusst, wie ne verdunkelte muslima. ist alles jennys plan, ihr schatten ist der teufel, glaubst du, mir ist nicht aufgefallen, wie sie dich in letzter zeit angesehen hat? igitt, so ne kanaille! rico, sag mir die wahrheit, sehe ich aus wie astrid proll? ne, lass mal die griffel bei dir, mir ist grad nicht nach sentimentalitäten.

/

JENNY wir haben ihnen bereits namen gegeben.

FLUTZE matze, gina und viktor.

JENNY man baut zu den jungtieren ja schnell eine beziehung auf. merchandising. futterspenden. patenschaften. solche dinge.

FLUTZE die haben vielleicht geflennt wie schlosshunde, die leute vom hyänengehege. der bürgermeister auch.

JENNY weil wir ihnen das schwein nicht flugs herbeizaubern können. kann ich verstehen.

FLUTZE richtig angepisst waren die. kartenvorverkauf. kommunalwahlkampf. jenny hat sich noch in aller form entschuldigt. unter tränen.

JENNY die tierpatenschaften haben sie uns dann doch gekündigt.

/

RICO dieses herz hat ihr herz gebrochen. meiner peggy. die in der grube deponierte printe. mit dieser herzlosigkeit sind sie einen schritt zu weit gegangen. man kann mit der peggy über alles reden, aber wer sie vorführen will, der beißt auf granit. schwarzen granit.

PEGGY weißt du noch, was draufstand?

RICO dein ist mein ganzes herz.

PEGGY sein still! ich habs vergessen. diese zuckersüße peinlichkeit - i forgot about it!

RICO ein lindgrüner rosenzopf um eine weiße zuckerfadenbeschriftung, garniert mit rosafarbenem umhängeband.

PEGGY halt die klappe! ich verfluche dein elefantengedächtnis.

RICO ein mitbringsel von der cranger kirmes.

PEGGY verschweißt in zellophanpapier, zeitlos hässlich und ökologisch unbedenklich.

RICO ne richtig betonharte schleckerei, son echter bunker unter den naschwerken. peggy, du wolltest doch nicht mehr drüber reden?

PEGGY lass gut sein, mir wärmts beim schwatzen das gemüt. ists kein hoffnungsfrohes zeichen, wenns einem die zunge noch löst beim gedenken an ein versteinertes lebkuchenherz?

/

FLUTZE es fehlt an ärzten und personal. kein strom, kein sauberes wasser, der zauber der zersetzung ist längst dem überlebenskampf gewichen.

überall faulen den leuten die zähne aus dem gesicht,
algen und seetang erobern die strände zurück.

/

STOLPERER ich hab noch nie solche leichen gesehen. als wollten sie einen anflehen. gesichter von
toten können geschichten erzählen, keine frage, das
können die. wie es sich anfühlen muss, im eigenen
körper zu ertrinken, ist noch eine der harmloseren.
andernorts begraben strafgefangene die toten, nach
der kremierung, versteht sich, sonst kriegt man keine zwölf leute auf den quadratmeter. ich leg immer
ein stück kunstrasen auf die öffnung über der urne,
damit es nicht so nackend aussieht, bloß von den
dreißig zentimetern pietätsabstand musste ich mich
verabschieden, nachdem der rico die stirn in falten
gelegt hat. wie viele willst du haben, frag ich. so viele eben reinpassen, sagt der rico und kratzt sich am
sack, minimum achtzig bis hundert stück. null prob-
lemo, sag ich, stech die nachfolgenden öffnungen im
akkord und schütt mit frischer erde die löcher mit
den namenlosen säuglingen zu.

RICO dreißig menschen hat der stolperer pro tag
unter die erde gebracht, im zwanzig-minuten-takt,
hundertfünfzig pro woche, knapp achttausend im
jahr.

STOLPERER da geht noch was, sagt der rico. du
willst doch nicht, dass sie uns nächste woche ma-

schinen und knackis zuteilen?

RICO in der pandemie gehts in wahrheit nicht nur um geld. es geht um kompostierbarkeit und effizienz.

STOLPERER früher hab ich noch still zu den verstorbenen gesprochen, ihnen fragen gestellt. warum du?

RICO ich weiß nicht, warum er bei der bestattung jeweils eine einzelne blume neben die urne legen musste.

STOLPERER mich hats nie interessiert, wenn der rico mit der stoppuhr zwischen den urnenträgern umhergehopst ist. nur als die ersten ihre angehörigen in blauen säcken auf bollerwagen angekarrt haben, hab ich hingeschmissen und dem rico nen schönen tach gewünscht.

RICO der friedhofsgärtner ist nicht die müllabfuhr, hat der stolperer gesagt. hat einige brüskiert.

STOLPERER ich bin dann in die erstbeste straßenbahn eingestiegen.

RICO hab meinen augen kaum getraut, der stolperer hat immer die letzte trambahn genommen.

/

JENNY danach haben sie in überschallgeschwindigkeit den friedhof umgegraben, wie ferngesteuert, in grund und boden gepflügt haben sie ihn, während am himmel drohnen gesurrt sind.

FLUTZE selbst die juden haben sie nicht verschont, himmelsakrament, die muslime schon gar nicht.

JENNY nachdem die opfer der weltkriege abgetragen waren, haben sie am pestfriedhof weitergemacht. meter für meter. als sie beim dreißigjährigen krieg angekommen sind, hat man die bagger und kräne kaum noch zu gesicht bekommen, nur die erschütterungen gespürt. von zeit zu zeit konnte man noch einen ihrer greifarme erhaschen, wie die mechanisch aus der tiefe zu uns hochgewunken haben.

FLUTZE dort war vielleicht ein ächzen und stöhnen. wie hilferufe.

JENNY anschließend haben sie die ersten toten in die gruben geworfen und kalk drauf geschippt.

PEGGY richtige pirouetten haben die baggerschaufeln dort am horizont hingelegt, ein balzen und werben ists, wenn stählerne arme sich zur musik der maschinen ineinander verheddern.

JENNY es erinnere sie an ein ballett, hat die peggy gesagt. flutze, weißt du noch?

FLUTZE ja. schwanensee.

PEGGY schade, dass ich nicht tanzen kann, hab ich gesagt, du dumme sau!

RICO geologisch ist es kein problem, in die tiefe zu gehen. wenn man sein gestein kennt und die parameter aus dem tunnelbau. wassermanagement sozusagen.

JENNY nach den ersten unwettern kommen die pumpen schnell an ihre belastungsgrenze.

FLUTZE schon unterspülts die oberen schichten und verteilts die toten auf die umliegenden vorgärten und spargelfelder.

JENNY leichenwasser -

FLUTZE - als sauce hollandaise -

JENNY - zu königlichem gemüse.

PEGGY also, uns hats geschmeckt! nicht, weil die regierung die äcker ratzfatz zum privaten stechen freigibt, nix da, es geht bei diesen happenings ja schlussendlich ums ausleben von anarchie, der dunklen kräfte in uns. sicher spielt frustbewältigung ne rolle, und ob, urban gardening trifft punkrock, aber immer! rico, dir hat der spargel doch geschmeckt?

//

STOLPERER ich bin hier wegen der stille. glaubt keiner. das geld war mir immer schnuppe, klingt ganz schön überheblich, na denn, auch piepe. wer wie ich die mitleidigen blicke anzieht wie schmeißfliegen, dem zaubert die letzte elektrische wie eh und je ein grinsen in die lederfresse. früher sind alle mit der stadtbahn hier rausgefahren, nach der null-uhr-zwölf-tram kehrte die große ruhe ein. jetzt kommen sie mit dem taxi, rund um die uhr, werfen seile über die mauern oder stellen leitern davor. am westportal haben sie karabinerhaken eingetrieben, in den far-

ben des regenbogens, schaut aus wie die eiger nord-
wand auf ner loveparade. hab ich dem rico gesteckt,
der hat kurz genickt und nen guten tach gewünscht.

RICO schönen abend, hab ich gesagt.

STOLPERER irgendwann fing das mit dem be-
schriften der gräber an. so gekritzel eben, kinder-
streiche, was soll ich sagen? rex gildo, die garbo, boris
becker. haben alle schon hier gelegen. elvis war noch
okay, nur als jenny den jimi hendrix aus seattle über-
führen wollte, hab ich mein veto eingelegt. wegen
kultureller aneignung.

PEGGY der becker? wirklich? jenny, hattest du mal
was mit dem boris?

JENNY weiß nicht. die dose schreit nicht gerade
nach rotkäppchen und feuerquallen.

STOLPERER die schmierten noch herrlich naiv die
kreide in den naturbelassenen basalt. anfangs jedenfalls, ausgelassene experimente mit wasserlöslichen
pigmenten, keine große sache für nen spezialisten wie
mich, dem das übertünchen und verhüllen sozusagen
von berufs wegen in fleisch und blut übergegangen
ist. später sind sie mit sprühfarben angerückt, schöne
sauerei, anschließend mit zweispitz und sprengeisen,
bis die ersten kalkblöcke entzwei sind und es die
jungen wilden mitsamt den tonnenschweren grab-
platten in die tiefe gerissen hat. wien blöken hats
wimmern geklungen, als sie dort unten gelegen sind

wie schrecksteife schafe vor der sommerschur, mäh, ach und weh, dachte, dem rico könnts kratzen, wenn ichs ihm durchsteche, weil der rico noch nen echten elbsandstein von nem kirchheimer muschelkalk unterscheiden kann und mir gegenüber gewissermaßen weisungsbefugt ist.

RICO gewissermaßen bin ich sein chef.

STOLPERER aber den rico juckts nicht, der kratzt sich im schritt und wünscht allen nen schönen tach. nur eines nachts, da seh ich ihn bei vollmond vor nem menschenleeren loch über nem frisch gebrochenen dioriten gebeugt. der presslufthammer jagt die inschrift des ministers in den stein als wär er aus butter und im geäst hats dem uhu in der staubwolke glatt die sprache verschlagen. ich habs jedenfalls gemacht wie die drei affen bei konfuzius, augen zu und durch, weil ich den chef nicht kompromittieren wollt.

PEGGY mein rico hat nichts bemerkt. sonst hätte er dem stolperer die meinung gegeigt. der rico ist um kein wort verlegen, schon gar nicht, wenn er sich an nem leeren ministergrab ertappt gefühlt hätte.

STOLPERER son stolperer kann weiß gott schleichen.

JENNY dass die peggy kein messer benutzen würde, war sonnenklar. folglich musste sie sich mit etwas unverdächtigem an den leibwächtern vorbeimogeln.

STOLPERER alter taschenspielertrick. aber gut.

RICO ehern alter hut.

PEGGY jenny, hast du diesen spiegel wirklich gesehen? mit eigenen augen?

JENNY du hast die reflexionen selbst erwähnt. als würden sonnenstrahlen blitze aussenden, so hast du dich ausgedrückt. aber ein attentat? du? niemand rechnet mit nem mord auf offener bühne. auch nicht mit nem vorgespiegelten.

PEGGY wir hätten es sein können. nen arsch in der hose haben wir.

RICO peggy, bitte, wir waren es nicht!

JENNY halt, das ist von uns! ihr klaut unsere dialoge?

PEGGY wenn schon. gibts beim tricksen und sand in die augen streuen neuerdings ein copyright? wüsste nicht.

JENNY wen nehmen wir als nächsten? den bundespräsidenten?

PEGGY wegen seiner früheren nähe zu putin?

JENNY die keineswegs in stein gemeißelt ist.

STOLPERER angefangen hat alles mit dem adenauer. muss an dieser retro-welle gelegen haben. damals saßen sie wie auf glühenden kohlen, geschichtsvernarrt, hat man gemunkelt -

FLUTZE - tolldreist und waghalsig trifft es besser.

JENNY worauf warten wir? son präsi kann morgen

schon out sein.

FLUTZE oder verstorben.

STOLPERER dass man lebende für tot erklärt, fand ich immer zynisch, und -

PEGGY - und?

STOLPERER politiker sollten ebenso ein anrecht auf ne grabrede haben wie normalsterbliche, peggy, schon mal was von teilhabe gehört? wir können diversität und inklusion hier am set auch nicht ewig nur in hinblick auf ästhetische aspekte diskutieren.

PEGGY ach, herabwürdigend sind höchstens diese virtuellen friedhöfe, die wie pilze ausm boden schießen, durch und durch spaßgebremst, trau mich kaum mehr, die totenruhe zu stören.

JENNY ganz peggys meinung. wenn wir nicht aufpassen, werfen wir irgendwann nur noch parfümierte blütenblätter in den schacht und flennen mit clapton um die wette.

STOLPERER als sie die englische königsfamilie durchhatten, wurde es fade.

PEGGY aber peron war brillant, das müsst ihr zugeben. evita!

JENNY dont cry for me argentina. ein letztes aufbäumen.

FLUTZE besser als im kino. jenny, kannst du dich an die balkonszene erinnern? das kleid?

JENNY gebärmutterhalskrebs.

PEGGY kann man nicht spielen. eigentlich. jenny, du warst zuallererst einmal großartig in dem kleid! geradezu durchdrungen von dieser frau. hatte richtig angst, dass da körperlich was zurückbleibt, gebärmutterhalstechnisch, hab ich dir das schon gesagt?

RICO assad war der tiefpunkt. nach der queen. da liegt der stolperer schon richtig.

FLUTZE der ganze nahe osten ist vermint. aus dramaturgischer sicht.

PEGGY lebt imelda marcos noch?

FLUTZE hatten wir schon. als sidekick von nancy reagan.

RICO wollten wir nicht ne kreative pause einlegen? grundsätzlich?

JENNY wieso? dachte, wir seien zurzeit tippi toppi, sind wir doch? ich fühl mich jedenfalls hippy dippy und positiv. oder hat jemand ne schaffenskrise bemerkt? aber gut, schaufelt euer eigenes grab.

PEGGY künstlerische differenzen möchte der rico andeuten. rico, du musst nicht hinterm berg halten, wenn du dich als regisseur herabgesetzt fühlst!

RICO es heißt, er komme nicht nach bei der begehbarkeit der wege, den umfriedungen bei den anonymen gräbern, den armen teufeln. es heißt, das gas und die kohlen fürs krematorium gingen zur neige, die grünabfälle würden zum himmel stinken und die gärtnerei müsse konkurs anmelden.

JENNY blödsinn. wer sagt das?

STOLPERER ich.

PEGGY wirst du jetzt knotig und paranoid? was schlägst du vor, sollen wir tütensuppen anrühren? als kompensation für deine angeblich diskriminierenden erlebnisse am arbeitsplatz? stolperer, du hättest leicht über dein komparsendasein hinauswachsen können, wenn dein input beim skript nicht ständig so mickrig gewesen wäre, feige memme.

FLUTZE majestät, ich fand seinen beitrag beim gesundheitsminister höchst schlüssig. die idee, peggys kosmetikspiegel als potentielle tatwaffe einzuführen, verdient respekt.

STOLPERER danke.

PEGGY ja, gut, lasst euch verleugnen, drecks-idioten und blöde titte -

JENNY - feierabend, freunde! die stunde ist um, junge, junge, wer hat bloß wieder an der uhr gedreht? idioten und titten legen mögliche differenzen augenblicklich auf eis!

FLUTZE wohin gehen wir eigentlich essen?

JENNY peggy, regelst du die heizung runter? ich geh hinten nachsehen, ob wir das große tor gesichert haben.

FLUTZE damit die toten sich nicht wieder davonstehlen. hatten wir beim heurigen nicht mittwochs nen tisch geblockt?

RICO glaubt ihr, sie bringens als hörspiel?

PEGGY nö. zu uneindeutig. wir sind halt keine zwanzig mehr.

FLUTZE ich denk, ich bleib heut beim veltliner. die roten ausländer schlagen langsam aufn magen.

RICO fragt ihr euch manchmal, warum wir nichts jugendfreies hinkriegen?

JENNY fürs frühstücksfernsehen google ich nach nem potentiellen tyrannen. versprochen.

FLUTZE in den karpaten soll ein letzter despot das zepter schwingen.

RICO stolperer, wir haben doch marmor gebunkert?

STOLPERER morgen nehmen wir holz. für kreuze. ///

Synopse (*„napalmjenny. bonobos schmusen inkognito"*)

Der Gesundheitsminister wurde ermordet. Erstochen auf einer Kundgebung, inmitten von willfährigen Anhängern einer staatlichen Impfpflicht, die das tückische Antilopenvirus ausbremsen sollte. „Wir waren es nicht", sagt Flutze. „Wir hätten es gewesen sein können", sagt Jenny. Beide hatten Glück. Die vergangenen Jahre, in denen die Pandemie den Großteil der Bevölkerung dahinraffte, schipperten sie mit ihrer Jolle über die Meere. Aber hatten sie am Tag des Anschlags auch ein Alibi? Jedenfalls müssen die Weltumsegler nach ihrer Heimkehr feststellen, dass der von der Regierung gepriesene Impfstoff anscheinend nur die blauäugigen Mitbürger vor dem Tod bewahrt hat: Semmelblonde Menschen wie Peggy und Rico etwa, die sich noch keiner staatlichen Verordnung in den Weg gestellt haben und felsenfest davon überzeugt sind, dass die letzte Ruhestätte des geschätzten Politikers kein profanes Reihengrab am Stadtfriedhof, sondern eine Betonpyramide im heimischen Garten sein sollte. Das Mausoleum möchte Peggy - im Verbund mit einem profanen Baumarkt-Pavillon - als arabesk-bizarre Kultstätte für die Öffentlichkeit aufhübschen. Im Morgengrauen trifft das enthemmte Pärchen an der beiseitegeschobenen Grabplatte ausgerechnet auf Jenny und Flutze, die die ministrable Exhumierung allerdings unter dem Vorsatz der mitleidlosen Grabschändung betreiben. Erst wenn die Gebeine von den Hyänen des benachbarten Zoos zerkaut sind, so deren Hoffnung, könne die Erinnerung an die vermeintliche Lichtgestalt verblassen und der Aufbau liberaler Korrektive voranschreiten.

Die unendlichen Gräberfelder einer Friedhofsmaschine werden zu Resonanzräumen und Projektionsflächen einer fragmentierten Gesellschaft, die auf ein Drittel der Citoyen zusammengeschrumpft ist. Ausschließlich „arisierte" Mitbürger stellen sich als Befehlsempfänger in den Dienst der neuen Obrigkeit und rotten sich in marodierenden Banden zusammen. Die Lagerfeuer unter Gesinnungstreuen entfachen kaum Wärme für künftige Täter-Opfer-Ausgleiche, hingegen haben die Reisen ins kalte Herz der Finsternis blind gemacht für Toleranz und Barmherzigkeit. Da jede Seite des Meinungsspektrums sich in ihrer Autonomie bedroht fühlt, wird flächendeckend und willkürlich zur Jagd auf „Andersdenkende" geblasen. Dumm nur, dass mittlerweile weder eine freiheitliche Demokratie noch deren Feinde existieren, und die Leiche des Gesundheitsministers, mit der Jenny und Peggy ihren jeweiligen Kampf um eine ideologische Deutungshoheit zu begründen versuchen, unauffindbar bleibt.

Es soll diesen Film vom Attentat auf den Politiker geben. Bei Rico hat sich jedes Detail im Gedächtnis eingebrannt, ehe das Handyvideo in den Sozialen Medien viral geht. Doch plötzlich will sich niemand mehr an den Clip erinnern, nicht einmal der Stolperer, der sonst jede Geschichte auszuschmücken versteht, wenn man ihm nur die Heimfahrt mit der letzten Stadtbahn spendiert. Ist am Ende alles nur Theater? Das perfide Rollenspiel einer saturierten Schickeria, die ihrer tristen Existenz mithilfe überbordender Fantasie und sarkastischer Überhöhung zu entkommen versucht? Für die libertären Globetrotter Jenny und Flutze werden Einsiedelei und Separation jedenfalls immer mehr zu einem Hafen der Glückseligkeit, je weniger sie festen Boden unter die Füße bekommen. Beim Blick über die Weltmeere verliert sich ihr Vertrauen in die in der Heimat verordneten Quarantänemaßnahmen und wächst sich im Laufe des Infektionsgeschehens zu einer Verschwörungsphobie aus. Angstbesetzt schwimmen sie um ihr Leben, das immer brüchiger und unwahrer wird. Schuld, Sühne und Vergebung werden in diesem Hörspiel rundweg wie in den letzten Tagen der Menschheit verhandelt. Zivilisatorische Selbstverständlichkeiten und Meriten weichen beständig der Mär von einem Genozid, dem ein verirrter Paria-Haufen rebellisch entgegentritt.

Die zahlreichen Perspektivwechsel stehen nicht nur für die Orientierungslosigkeit der Figuren, sie durchstoßen auch die Decke der subjektiven Wahrnehmung, lassen alternative Fakten kurz apodiktisch aufblitzen, während faktenbasierte Tatsachen daneben wie konspirative Spleens aufpoppen. Der Autor umzingelt das Thema rezeptiv von allen Seiten und verschränkt die Zeitebenen kriminalistisch miteinander. So entsteht ein rollenspielartiges Kaleidoskop von diffusen Beobachtungen, deren Wahrheitsgehalt mit den mit Verve vorgetragenen Behauptungen kaum Schritt halten kann. Die Prophezeiung eines bevorstehenden Impfdramas kann zwar als fortlaufende Groteske gelesen werden - dass die Zivilisation darin nur unter der Vorspiegelung einer Inszenierung zu retten ist, mag als Aufschub aber kaum trösten. Dieser Ausblick auf die Zukunft lässt frösteln.

Das Bienenhotel

„Wenn die Bienen verschwinden, hat der Mensch noch
vier Jahre zu leben." *Albert Einstein*

Personen

FRIDA
ARNE
JONAS, *Sohn*
EINE BEDIENSTETE DES HOTELS
GAST
ZWEITER GAST
WEIBLICHER GAST

Musik, Stimmen und Geräusche.

Zeit und Ort

Heute. In einem etwas aus der Zeit gefallenen Urlaubsland zwischen Mittel- und Südosteuropa. Vermutlich in einer ehemaligen Teilrepublik Jugoslawiens. Vielleicht an einem See im Hinterland, vielleicht am Adriatischen Meer. Im Speisesaal eines Hotels, in dem wenige Gäste ihr Frühstück einnehmen.

Sehr leise Gespräche an Tischen, gelegentlich Ge-
schirrgeklapper und Türenquietschen im Hintergrund.
Aus den sonoren Raumlautsprechern ertönen - jäh
wechselnd - verwaschene Gesprächsfetzen in einer toten
Sprache und sentimentaler Balkan-Pop, der offenbar
verzweifelte Versuch, einen störungsfreien UKW-Ra-
diosender einzustellen. Zuletzt: „Good Day Sunshine"
von den Beatles, erneut untermalt von starkem Rau-
schen und stotternden Empfangssignalen. Das Radio
wird ausgeschaltet.

FRIDA *erleichtert* Endlich. Dachte schon, ich müsste singen.

ARNE Frida, sieh dich um. Niemand hätte dich
verstanden.

JONAS Warum sehen die Leute beim Frühstück so

traurig aus?

FRIDA Weil sie sich für den Rest des Tages aus den Augen verlieren, denke ich. Vielleicht halten es einige für eine ernsthafte Sache, diese rituelle Nahrungsaufnahme zur Unzeit. Jonas, ich hab keine Ahnung, vielleicht erklärt's dir der Arne.

ARNE *kauend* Dem Arne schmeckt's. Das Frühe.

Frida kratzt mit einem Messer in einem Schälchen herum.

FRIDA Arne, siehst du das?

ARNE Sollte Honig sein.

FRIDA Sollte. Genau.

ARNE Er sollte eigentlich verlaufen. Wie in der Werbung.

FRIDA Du siehst sie also auch, die mangelnde Streichfähigkeit? Du siehst es und sagst nichts! Na sowas.

JONAS Frida, warum nimmst du keine Wurst? Wie andere Leute auch? Die ist schon in Scheiben.

FRIDA Ich esse keine Tiere. Nee, nää, nöh, schon gar nicht portioniert und weit vom Schuss, absolutely not. Jonas, hast du nicht gerade gesagt, wie einsam die Leute ausschauen?

JONAS So unhappy.

FRIDA O ja, mein kleiner Lord. Deshalb keine tierischen Produkte. Merk dir das! Die lagern bloß Schlacken ein. Jonas, guck mal unauffällig an meinem Gesicht vorbei! Siehst du die Familie hinter meinem Rücken, unter dem Porträt dieses finsteren Diktators?

JONAS Sie ist dick. Fette Menschen.

FRIDA Weil es in ihren Körpern wie im Braunkohlebergbau aussieht. Staub und schwarzes Sedimentgestein, so weit das Auge reicht. Wenn du mal in die Pubertät kommst, erklär ich's dir genauer. Oder der Arne.

JONAS Alles kriegt man hier später erklärt.

ARNE Also, dem Arne schmeckt's.

FRIDA Der Arne summt auch noch zu den Beatles, wenn auf Fridas Stirn nach dem Verzehr dieses Glibbers eitrige Pusteln erblühen.

ARNE Der Arne drückt sich jetzt einen Brocken Corned Beef zum geschmolzenen Emmentaler auf die Buttersemmel und bändelt anschließend mit der rassigen Aushilfsbedienung an.

FRIDA Jonas, mach ruhig die Augen zu, wenn dir schlecht wird. Du musst das nicht mitansehen.

JONAS Alles kriegt man hier verboten. Wurst. Schwimmen. Netflix.

Frida rührt erneut in dem honigartigen Aufstrich herum, probiert davon.

FRIDA *angewidert* Keine Spur von Natur, nicht die Bohne, pas du tout! Dieses Gallertartige. Wie Quallenmus. Und schmecken tut's nach bitterer Orangenmarmelade. Als hätten sie was Britisches beigemengt, ich lass mir jedenfalls nichts von der Insel unterjubeln. Arne, ruf doch mal nach deiner Hummel aus Pommerland!

ARNE *ruft, gerade so laut wie nötig* Ent - entschuldigen Sie.

Die Bedienung tritt heran.

BEDIENUNG *mit ostslawischen Akzent* Noch Kaffee?

ARNE Danke. Aber Frida, ähm, meine Frau hat ein Problem mit dem Honig. Die Konsistenz. Der Geschmack.

BEDIENUNG Die Kon - *Sie stockt, weil Sie das Wort nicht kennt.*

ARNE Die Festigkeit. Ja.

BEDIENUNG Kein Problem. Bringe neuen.

FRIDA Was? Sie bringen mir das Gleiche? In einem neuen Schälchen?

BEDIENUNG Ja.

FRIDA Ist nicht ihr Ernst?

BEDIENUNG Wir haben keinen anderen Honig. Die Bienen waren nicht sehr fleißig in diesem Jahr.

JONAS Frida, warum möchtest du Honig? Hast du nicht eben gesagt, du isst nichts von Tieren?

FRIDA Jonas, erinnerst du dich an unsere Vereinbarung? Dass du nicht dazwischenquatscht, wenn Erwachsene sich unterhalten?

BEDIENUNG Ich kann Ihnen gerne eine englische Orangenmarmelade kredenzen, mit riesengroßen Schalenstücken. Vielleicht ein paar warme Scones mit einer fluffigen Creme dazu?

FRIDA Wollen Sie mich umbringen, Sie Dohle? *Empört* Da hört ihr's! Sie haben ein Agreement mit diesen Inselaffen geschlossen, alles Schmu hier, nichts als Larifari. Dieses Hotel hat einen finsteren Deal mit unseren Feinden eingetütet, mit Gifttrollen und Schmuhexen!

BEDIENUNG Ich verstehe nicht.

ARNE *versöhnlich* Lassen Sie. Frida hat ein Trauma.

JONAS Seit Südtirol.

FRIDA Künftig werden sie falschen Apfelkuchen anrichten und Schmonzes verzapfen. Aber bitte, scheint euch ja schnurzpiepe, welcher Geschmack bei rumkommt. Diese bittere Sülze als Honig ist jedenfalls bloß der Anfang, morgen servieren sie uns Yorkshire Pudding als frittierte Calamari, tsss. *Zur Bedienung* Hören Sie, fleißiges Liebeslieschen aus Moldawien, ich kann Ihnen hier und heute versichern, dass sich der kontinentaleuropäische Magen niemals unterwerfen wird, seine Zweckentfremdung als Müllkippe kann fraglos ausgeschlossen werden!

BEDIENUNG Ja. Aber ich verstehe nicht.

ARNE *zur Bedienung* In Südtirol haben sie ihr letztes Jahr Milchpulver in den Kaffee getan, dämmert es jetzt bei Ihnen?

BEDIENUNG Ah.

ARNE Die Bauern haben mit Kaffeeweißer nachgeholfen, während entzückende Milchkühe mit strammen Eutern uns durch die Fenster der Almhütte angeglotzt haben.

JONAS Frida glaubt, die Italiener stehen unter der Knute von Nestlé.

ARNE *amüsiert* He, Mister Neunmalklug, soeben kapiert's dein alter Herr, wem zuliebe er sich die beschissene Bildung draufgepackt hat. Yes, Sir, it is. *Er fährt Jonas liebevoll durchs Haar, verstrubbelt es.*

FRIDA Monsanto! Das ist mir gleich durch den Kopf geschossen. In den Bergen. Ich hab ja alles von Neil Young im Plattenschrank. Was soll man sagen? Der Mann hat einfach recht.

BEDIENUNG Kann ich etwas fragen?

ARNE Nur zu.

BEDIENUNG Sie machen bestimmt als Familie hier Urlaub. Sie sind doch eine Familie, oder?

ARNE Sicher -

FRIDA - sicher doch.

BEDIENUNG Es ist mir aufgefallen, dass sie sich mit Vornamen ansprechen. Das ist ungewöhnlich. Wo ich herkomme, sprechen sich die Liebenden mit Kosenamen an. Kisa bedeutet Kätzchen und bei Krasawitz fühlt sich der Ehemann sehr geschmeichelt. Geradezu herausgefordert. Als Rodnaja sollte jede Frau angesprochen werden, die einen nahe steht.

FRIDA Ich denke, das reicht.

BEDIENUNG Dauernd wollen wir alles verniedlichen, tja, so sind wir eben. Jede Natalja ist Natascha, Iwan ist Wanja, und die Maria kommt immerzu als Mascha oder Maschenka um die Ecke. Sogar wenn wir uns siezen. Den vollen Namen bekommen bei uns nur die Hunde.

FRIDA Hoppla, gehen Sie da nicht einen Schritt zu weit? *Zu Arne* Ich denke, dass ich mir das nicht länger anhören will, diese impertinenten Anspielungen auf unser scheinbar fehlendes Verständnis für Folklore. Arne, sag doch was!

ARNE *überfordert* Weiß - weiß nicht.

FRIDA Okay, Playboy, offensichtlich tragen die Bemühungen um eine progressive Familienzusammenführung keine Früchte. Gut, dann eben keine Solidarität! Wie konnte ich mich bloß zum Narren machen? Ich habe augenblicklich beschlossen, den Rest des Tages im abgedunkelten Hotelzimmer zu verbringen. Mit einer Gurkenmaske im Gesicht. Mir egal, wer von euch als Erster verhungert.

BEDIENUNG *bußfertig* Ich habe einen Fehler gemacht. *Inständig* Ich kann mich nur entschuldigen für die unzureichenden Sprachkenntnisse.

ARNE Lassen Sie. Es ist gut.

BEDIENUNG Aber die Bitte um Vergebung gehört gewissermaßen zu meinem Anforderungsprofil. Ich kann Ihnen den Arbeitsvertrag zeigen.

ARNE *fasziniert* Anforderungsprofil. Schön haben Sie das gesagt.

JONAS Arne meint, Sie haben einen drolligen Akzent -

ARNE - und ein entzückendes Kleid. Hat Ihnen schon jemand gesagt, dass Sie tolle Beine haben?

FRIDA *möchte aufbrechen.* Ich leg mir schon mal die Gurke in die Minibar. *Zur Bedienung* Passen Sie bitte auf, dass er Ihnen keinen Balg andreht.

ARNE Frida, bitte! Die Friedenspfeife glimmt. Riechst du es nicht? Du musst nur inhalieren.

BEDIENUNG *unterwürfig* Mein aufrichtiges Bedauern möge sie weiter befeuern. Diese Pfeife. Darf ich mich entfernen?

FRIDA *beim Hinsetzen.* Ja, gehen Sie! Bitte, hauen Sie ab! Nein, kommen Sie wieder und bringen Sie Pflaumenmus mit!

Die Bedienung geht.

ARNE Frida, du bist ungerecht.

FRIDA *versunken und selbstmitleidig* Niemand da zum Unterhaken. Kein Arne und kein Jonas, Unterwasserjäger und Philosophen, die ihre Frida pausenlos mit Falschheiten auf Trapp halten. In blutigen Schlachten ergraut, teilt sie das Schicksal aller

Oppositionsführerinnen. Atmen? Bitte nur unter Wasser! Unzählige Kriege gegen die eigene Familie haben etwas Kaltes in ihrer Brust wachsen lassen. Amazonenherz, inneres Exil, jetzt wärmt das Glucksen der Honigpumpe noch das Gemüt.

JONAS Ich muss mal was loswerden!

ARNE Schieß los. Frida ist sowieso untröstlich.

JONAS Habt ihr euch eigentlich noch lieb?

FRIDA Was soll die Frage?

JONAS Weil ich darüber nachgedacht habe, was die Frau mit dem lustigen Akzent gerade gesagt hat.

FRIDA Da siehst du's, Arne, der gefallene Engel will nicht bloß bezirzen. Der will uns als Gesamtclan diskreditieren, auslöschen möchte sie das kleine Glück, deine Pomeranze aus der Walachei. Der Honig war nur die Exposition, der Türöffner. Die zu erwartende private Tragödie und das Blutbad folgen später. Du kennst den Film, in dem Glen Close zu Höchstform aufläuft?

ARNE *zu einem mittlerweile deutlich seufzenden Jonas* Wenn es dein Herz erleichtert, Jonas: Wir lieben dich wie am ersten Tag.

JONAS Das sagen die Adoptiveltern vom Paule auch.

FRIDA Wer ist denn der Paule?

JONAS Och, der Typ von der Hundewiese. Wir spielen dort Fußball. Der ist so kurzsichtig, dass er in jeden Haufen tritt. Fast blind ist der, und stinken tut er auch.

ARNE *sensibel* Du, die Frida und ich, wir haben da so ne Übereinkunft. Ja, ich weiß, wir hätten es dir früher sagen sollen - *er stockt, auf Fridas Reaktion wartend.*

FRIDA Sag du es ihm.

ARNE Also, wir haben uns dazu entschlossen, ein radikales Gegenmodell zur bürgerlichen Spießigkeit zu propagieren. Vor langer Zeit schon. Die Abschaffung von Zweierbeziehungen und Privatbesitz und solchen Dingen.

JONAS *traurig* Dann seid ihr gar nicht meine Eltern?

FRIDA *geifernd* Eltern, Eltern. Ich hör immer nur Eltern.

ARNE Frida meint, man müsse gewisse Begrifflichkeiten überwinden. Es seien Relikte aus der Kaiserzeit.

FRIDA *baff* Und du? Was ist mit dir, Arne? Mir scheint, du hast die Seite gewechselt.

ARNE *verunsichert* Ich - wir -

FRIDA Du warst es, der mich davon überzeugte, sich von althergebrachten Zuschreibungen zu lösen. Wir sollten in der Lage sein, die biologische Elternschaft ebenso über Bord zu werfen wie sämtliche Schönheitsideale. Pah! Erinnerst du dich? Es ist dein

Satz!

ARNE Herrje, immerhin durften wir sie noch benennen, unsere Ideale. Eine risikolose Zeit in der Draufsicht, findest du nicht? Heute ist jegliche Sprache verbrannt, und mit ihr alle Zuschreibungen. Wie Catharina Valente und Italien. Oder Juden und Hakennasen. Geht gar nicht.

JONAS Stimmt es, dass die Juden die Tiere ausbluten lassen, wenn sie sie töten?

FRIDA Sagt das der Paule?

JONAS Der Christoph sagt das.

ARNE Ist das der Stiefpapa vom Paule? Na, dem geig ich die Meinung.

JONAS Das ist der Mann vom Bauernhof, auf dem wir früher gelebt haben. Indianerhaut haben ihn alle genannt. Morgens ist er in die Ähren und hat sonnengebadet.

FRIDA Das weißt du noch? Jonas, wie alt warst du damals?

JONAS Fünf. Weiß nicht.

ARNE Erzähl mal was über den Christoph.

FRIDA *sieht das Unheil heraufziehen.* Arne, bitte! Waren die Wunden nicht verheilt?

JONAS Der Christoph hat nie viele Worte gemacht. Nachts hat er den Mond angehimmelt, wie ein Wolf hat er ausgeschaut mit seinen kreisrunden Pupillen. Am Tage hat er seine bronzene Haut ganz der Sonne hingegeben.

FRIDA Das Gedenken kann ein Nebelmeer sein.

JONAS Die menschliche Hülle habe dem Forschergeist zur Verfügung zu stehen und wissenschaftlichen Erkenntnissen zu dienen, hat der Christoph gesagt, und dass der Körper für Erkundungen wie geschaffen sei. Jeden Tag neue Länder und Kontinente. Deshalb haben seine Eltern ihn auch umgetauft. In Christoph. Nach Kolumbus.

FRIDA Jonas, das ist eine sehr schöne Geschichte. Möchtest du ein Eis?

JONAS Nachdem ich mich ausgezogen hab, hat er mich mit Mandelmilch eingerieben. Bis runter zu den Füßen, zwischen den Zehen. Dann hat sich die Haut überall so glitschig angefühlt und die Bienen über dem Getreide haben gesummt, als hätten sie ne Macke.

ARNE Gottvater, wie alt warst du denn da? -

FRIDA *dazwischen, ungehalten und fahrig* - Fünf! Hat er doch gerade gesagt! Hast du nicht zugehört?

ARNE Mandelmilch und Sonnenbaden, das sind beinahe Indizien. Hätte die Frida und mich auf alle Fälle stutzig gemacht. Mannomann, Jonas, warum hast du denn nichts gesagt?

JONAS *verunsichert* Weil - weil's die Frida desgleichen vergnüglich in den Roggen getrieben hat, seifig im Evakostüm, dass der Allmächtige regelmäßig

76

Blitz und Donner hat aufziehen lassen über sprießenden Samenschalen und wogenden Fruchtwänden -

FRIDA - Jonas, du bist jetzt still! -

JONAS Wie der Christoph die Frida mit Mandelmilch balsamiert hat, da konnte man blass werden. Bei mir hat's hinten immer gebrannt, wenn der Christoph über mir geschnauft hat wie ein altes Dampfross und seine grauen Brusthaare an meiner Nase gekitzelt haben wie ein stinkender Wischmopp. Aber die Frida hat sich unter seinen Händen gewunden wie ein Aal. Gesicht und Hals haben sogleich rot aufgeleuchtet, wie bei nem Ampelmännchen um Mitternacht, mein lieber Scholli, da bin ich natürlich ins Grübeln gekommen und hab blitzartig die Schmerzen zu den Akten gelegt und alle guten Vorsätze fahren lassen. Kann gewiss kein Unrecht sein, dacht ich, wenn der prall entwickelten Frida wohlige Schauer den Rücken runterlaufen. Was nem üppigen Weib nen gütlichen Geist einhaucht, kann der verlässlichen Entwicklung des haarlosen Knaben nur förderlich sein.

FRIDA Jonas, das ist verdammt stark, wie du versuchst, aus dem Schatten deiner trüben Erinnerungen zu treten. Sooo stark! *Zu Arne, leiser* Wir können uns glücklich schätzen, der schlangenartigen Häutung eines jungen Menschen beiwohnen zu dürfen, Arne. Möge seine verkorkste erzählerische

Einbildungskraft ihn irgendwann dahingehend befähigen, die eben vorgebrachten klatschsüchtigen Anschuldigungen unmissverständlich zu tilgen und ein funktionstüchtiges Update auf seine ziemlich durchschossene Festplatte zu spielen.

ARNE *lacht kurz auf, übersprudelnd und fassungslos.* Ich - ich glaub kein Wort von dem, was ich gerade gehört habe. Würde ich es glauben, müsste ich wahnsinnig werden.

FRIDA *streng* Jonas, lässt du uns mal alleine? Der Arne und ich müssen uns ausquatschen.

ARNE Geh vor zum Ufer. Ich komm gleich nach.

JONAS Wieder das Bienenhotel?

ARNE Ja.

JONAS Sind aber keine Bienen drinnen.

ARNE Ich weiß.

FRIDA Wie? Du schickst einen verwirrten Buben zu einer verwaisten Herberge?

ARNE Sie ist nicht verwaist. Im Grunde war es nie belegt, dieses Hotel. Zu keiner Zeit.

FRIDA Woher willst du das wissen?

ARNE Frida, hat dir jemals eine Biene aus so einer traurigen Behausung zugeblinzelt? Sag bitte nicht ja!

FRIDA Jedenfalls stört mich die Vehemenz, mit der du jede Möglichkeit einer Ansiedlung kategorisch ausschließt. Kein Wunder, wenn sich deine negative Energie irgendwann auf den Bengel überträgt und er dummes Zeug faselt.

JONAS Lass gut sein, Frida. Schau, ich bin nicht unglücklich, wenn in diesen Kästen nichts herumwuselt. Das ist die Wahrheit. Ich bin dankbar, wenn die Bienen ihren eigenen Weg gehen.

ARNE Da hörst du's. Der Jonas sieht eben alles differenzierter. In seinem Drang nach Individualität.

FRIDA Du glaubst, das hat er von dir, diesen Drang nach Individualität? Willst du mir diesen Kokolores schmackhaft machen?

Arne springt in seinem Groll vom Stuhl auf. Stellt sich darauf.

FRIDA *besänftigend* War nur so dahergeredet. Mensch, Arne -

ARNE *mit zitternder Stimme* Alle - bitte alle mal herhören! *Er klatscht in die Hände, worauf der ohnehin gedämpfte Plauderton an den übrigen Tischen gänzlich verstummt.* Entschuldigen Sie, dass ich -

FRIDA *dazwischen, leise -* Pssst! -

ARNE - dass ich Sie beim Frühstück überfalle. Aber wir haben einen Notfall. Private Meinungsverschiedenheiten, genau genommen.

GAST *rufend* Ey, Mann, was geht uns deine Familie an?

ZWEITER GAST *inständig* Lass ihn ausreden! Endlich mal was los hier.

ARNE Wir diskutieren gerade über den Sinn von

Bienenhotels -

GAST *dazwischen* - so ein Unsinn.

ARNE Während Frida, also die Frau, die gerade versucht, mich am Hosenbein von diesem Stuhl zu ziehen, felsenfest von der prinzipiellen Notwendigkeit einer solchen Einrichtung überzeugt ist, plädiere ich für deren totale Entfernung.

GAST Haben die hier nicht so ein Teil auf die Liegewiese gestellt?

ZWEITER GAST Kein Käfer hat je drinnen gepennt.

ARNE Wer will schon in einem Glaswürfel übernachten? Gibt's hier jemanden, der seinen Schlafsack in der Fußgängerzone ausrollt?

WEIBLICHER GAST Die Spinnen hängen ihre Netze rein.

ARNE Spinnen und Mäuse. Sehr wahr. Kein Insekt begibt sich freiwillig in menschliche Knechtschaft. Sie machen um diese freudlosen Bleiben einen so großen Bogen wie Hühnerdiebe um Gefängnishöfe. Hand aufs Herz, wer von euch hat je sein Ohr an ein summendes Insektenhotel gehalten?

Pause. Gemurmel.

ARNE Na, wer?

Pause. Lautes Getuschel.

ARNE Was ist? Sehe ich Hände?

Pause. Allgemeine Unruhe.

WEIBLICHER GAST *forsch* Warum stellen sie dann welche auf?

ARNE Sie verdienen Geld damit.

WEIBLICHER GAST Wer denn?

ARNE Bürgermeister. Ponyhofpächter. ADAC. Seenotretter. Mormonen. Alle.

DRITTER GAST Aber es gibt nichts zu verkaufen.

ARNE Doch, natürlich. Erwartungen. Auf die ökologische Zukunft. Auf nachhaltigen Wohlstand. Sie verkaufen das Versprechen auf ein besseres Morgen. Weil sie wissen, dass wir ihnen das Ringen um Moral und Monetarisierung abnehmen, ohne konkrete Leistungsnachweise einzufordern, wissen sie auch, dass sie sich nicht groß in die Riemen zu legen brauchen. Deshalb stellen sie uns Attrappen ökologischen Wirtschaftens auf Friedhöfe und Rathausplätze.

Lautes Getuschel.

GAST Klingt plausibel.

ARNE Wir können uns später nicht einmal herausreden, keine Ahnung gehabt zu haben, die Leere ihrer Versprechungen springt uns ja täglich in Gestalt verödeter Bienenhotels an. Nicht einmal ihren Lügen sitzen wir auf, weil im Grunde niemand die Unwahrheit sagt. Indem wir zur Tarnung schweigen, legitimieren wir nur unsere eigene Tatenlosigkeit.

ZWEITER GAST Gut, dass das mal einer sagt!

Zum allseitigen Unmut wird auf Tische geklopft. Ver-

einzelt Applaus.

ARNE Der Erfolg ihres Geschäftsmodells ist die bloße Behauptung. Hat hier schon jemand den Honig probiert?

GAST Schmeckt irgendwie nach Orangen.

ARNE Da habt ihr's! Surrogate bis runter an die Schwarzmeerküste. Hefeextrakt und Milchpulver waren nur Versuchsballons. Eine Welt ohne Bienen ist eine Welt ohne Honig.

Die Bedienung platzt herein.

BEDIENUNG Mein Chef hat ihre lebhafte Diskussion aus seiner kleinen Hotelküche heraus verfolgt. Er teilt Ihnen mit, dass er Ihre Bedenken teilt und untröstlich ist. Als Zeichen der Reue möchte er sich mit einer Extraportion Quittengelee erkenntlich zeigen. Aus eigener Herstellung und auf Kosten des Hauses. Bitte betrachten Sie es nicht als Kompensation. Nur als einen Ausweis reinen Herzens.

WEIBLICHER GAST Ich sterbe für Quittengelee.

BEDIENUNG *in die überbordende Freude hinein* Warten Sie, ich bringe Ihnen die Gläser an die Tische, damit kein Unglück geschieht.

GAST *skandierend* Tod dem Orangenhonig! Verbrennt ihn!

Tosender Applaus. Einzelne Sympathiebekundungen.

BEDIENUNG *unter Belagerung* Bleiben Sie doch sitzen. Es ist genug für alle da. Wir haben einen

Monsterkühlschrank. Nur für Quitten. Der Chef sagt, er kann nachordern.

FRIDA *aus dem Hintergrund, besorgt, rufend* Denken Sie bitte an die Fliegen und stellen es nicht in die Sonne.

BEDIENUNG Natürlich.

FRIDA Hören Sie das? Da brummt schon etwas.

WEIBLICHER GAST *hellhörig* Wo denn?

FRIDA Direkt überm Kopf dieser Bordsteinschwalbe. Eben hat's dort noch gekreist.

BEDIENUNG Manchmal werfen die Vögel von draußen merkwürdige Schatten.

FRIDA Nun schießen Sie mal nicht den Vogel ab.

GAST Ich glaub auch, etwas gesehen zu haben. Flügelschläge. Wie von einem schwarzen Vogel.

ZWEITER GAST Ein Surren war zu hören. Absolut. Wie wenn einem etwas ins Ohr fliegt, so ein in den Wahnsinn treibender Ton. Wie beim Anflug eines Stukas.

FRIDA Bienen sind das nicht.

GAST Muss was Größeres sein.

ZWEITER GAST Hornissen?

WEIBLICHER GAST Hornissen wären das Ende! Altes Testament. Der Himmel sei gnädig, Hosianna, hilf doch, spricht jemand ein Gebet in dieser Stunde?

FRIDA Sie zieht das Unheil magisch an, diese Frau. Der Akzent. Muss den Teufel im Leib haben.

BEDIENUNG *in die Enge getrieben* Beruhigen Sie sich doch!

FRIDA Da, da ist es wieder!

WEIBLICHER GAST Ich seh nichts! Warum seh ich nichts?

GAST Es hat ein Glas mit Quittengelee stibitzt und die Flatter gemacht. Direkt in die Augen geschaut hat es mir dabei.

FRIDA Adios, Servus und Salute! Hier kann der Mensch nicht bleiben, an einem Ort, wo sie uns an die Kreatur verfüttern. Wo ist eigentlich der Arne? *Ruft* Arne, wir packen!

ZWEITER GAST *derangiert in die Runde, gleichwohl höflich* Darf ich jemanden mitnehmen?

GAST *wie paralysiert* Wir haben Besuch bekommen. Die Geißel der Menschheit steht vor der Tür. Vermutlich hat sie von uns schon Besitz ergriffen.

WEIBLICHER GAST *dringlich* Dann laufen Sie! Reden Sie nicht, hauen Sie ab! Rette sich, wer kann!

FRIDA *angsterfüllt* Arne!

BEDIENUNG *beschwichtigend* Bleiben Sie bei sich. Bleiben Sie doch bei sich!

Zerdepperndes Geschirr. Umstürzendes Mobiliar. Vereinzelt Schreie. Panik. Das Szenario einer regellosen Entfluchtung.

GAST *bangend, flehend, aus einiger Entfernung* Betet zu Gott, dass unsere Fahrzeuge anspringen!

Draußen werden Pkw gestartet. Aufheulende Motoren. Durchdrehende Räder. Quietschende Reifen. Danach Stille. Nach einer Pause Klopfgeräusche aus einem Unterschrank, zuerst zaghaft und leise.

BEDIENUNG Hallo, wer da?

Hämmernde Klopfgeräusche. Eine Schiebetüre wird bewegt.

BEDIENUNG Ach du. Hätte dich fast vergessen.

Sie hilft Jonas nach draußen.

BEDIENUNG Bist ganz weiß um die Nase.

JONAS Ich heiße Jonas.

BEDIENUNG Klar, deine Eltern haben dich so genannt.

JONAS Das sind nicht meine Eltern.

BEDIENUNG Weil du dich fremd fühlst bei ihnen?

JONAS Vermutlich.

BEDIENUNG Darf ich dich auch so nennen?

JONAS Wenn du es aussprechen kannst.

BEDIENUNG Jonas heißt es auch bei uns. Es gibt keinen weicheren Namen dafür.

JONAS Was machen wir jetzt?

BEDIENUNG Warten.

JONAS Bis sie zurück sind?

BEDIENUNG Ja.

JONAS Glaubst du, sie kommen wieder?

BEDIENUNG Sicher.

JONAS Warum?

BEDIENUNG Weil sie ihre Geschichte erzählen wollen. Jeder die seine.

JONAS Nur deshalb?

BEDIENUNG Wenn sie nicht hin und wieder ausbrechen, denken sie, ihre Fantasie würde ihnen abhandengekommen.

JONAS Du meinst, sie könnten glauben, sie seien krank?

BEDIENUNG Ja. Der Mensch ist ein Hasardeur, ein Abenteurer im Geiste. Er kommt, um zu erzählen. Er lebt von der Mitteilung. Sonst würden die Leute die ganze Zeit nur belämmert rumsitzen. Es macht sehr traurig, sie anschweigen und streiten zu sehen.

JONAS Die ganze Welt sollte ausschwärmen wie Bienen.

BEDIENUNG Magst du Honig?

JONAS Weiß nicht.

BEDIENUNG Komm, wir naschen vom besten, den wir kriegen können.

Sie gehen. Ein Bienensummen in die Stille hinein.

Synopse (*„Das Bienenhotel"*)

Eine Familie im Hotel. Frühstück. Urlaub. Sonne. Eigentlich könnte die Stimmung in der Feriendestination einer ehemaligen jugoslawischen Teilrepublik großartig sein. Gäbe es da nicht die aus Osteuropa eingewanderte weibliche Aushilfskraft mit ihrer unverbrüchlichen Liebe zu angelsächsischen Köstlichkeiten und die glibberige Konsistenz des von ihr servierten Honigs, der Frida an Quallenmus erinnert. Als Jonas belastende Missbrauchsvorwürfe andeutet und Arne den Nutzen von Insektenhotels infrage stellt, schaukelt sich das anfangs launige Dramolett über die Nachhaltigkeit ökologischer Lebensweise sogleich zu einem galligen Schwank über dysfunktionale Gesellschaften auf. Das Fernbleiben der Kerbtiere in einem von Menschen geschaffenen Habitat wird zum Dreh- und Angelpunkt dieses kurzen wie kuriosen Hörstücks, zum Synonym für die Unbehaustheit des Individuums in all seinen künstlich erschaffenen Peripherien.

Seinen Dämonen, die hier auch stellvertretend für die Verwüstungen geschliffener Demokratien stehen, entkommt in diesem „Bienenhotel" nur, wer sich dem Angriff einer imaginierten Hornisse erwehrt, die plötzlich als Inkarnation des apokalyptischen Reiters über die Feriengäste hinwegschwirrt.

Paradoxerweise sorgen Konfusion und Panik für das Ordnungsprinzip im Chaos - ganz nach dem Vorbild eines Bienenvolkes. Die einen nutzen die heraufbeschworene Hysterie als Erweckungsmoment bei der Suche nach dem privaten Glück, die anderen frönen dem Weltuntergang noch in seiner selbsterfüllenden Prophezeiung. Der moderne Mensch ist keine Biene. Er kann reisen, wohin er will. Daheim ist er nur in Absurdistan.